Os Restos Mortais

Os restos mortais

Diretor editorial	Fernando Paixão
Editora	Carmem Lucia Campos
Editora assistente	Malu Rangel
Coordenadora de revisão	Ivany Picasso Batista
Revisoras	Luicy Caetano de Oliveira
	Cátia de Almeida

ARTE	
Capa	Douné Spinola (concepção de Fernando Sabino)
Editora	Suzana Laub
Editor assistente	Antonio Paulos
Editoração eletrônica	Studio 3 e Eduardo Rodrigues

O texto "Os restos mortais" pertence à obra *Aqui estamos todos nus*, trilogia de novelas de Fernando Sabino, publicada pela Editora Record.

CIP-BRASIL. CATALOGAÇÃO NA FONTE
SINDICATO NACIONAL DOS EDITORES DE LIVROS, RJ

S121r
7. ed.

Sabino, Fernando, 1923-2004
Os restos mortais / Fernando Sabino. - 7.ed. - São Paulo : Ática, 2007.
64p. : - (Fernando Sabino)

Inclui apêndices e bibliografia
Contém suplemento de leitura
ISBN 978-85-08-10706-3

1. Conflito social - Literatura infantojuvenil I. Título.

06-3441. CDD: 028.5
CDU: 087.5

ISBN 978 85 08 10706-3 (aluno)
ISBN 978 85 08 10707-0 (professor)
Cod. da OP 258834

2024
7ª edição
7ª impressão
Impressão e acabamento: Forma Certa Gráfica Digital

Av. Otaviano Alves de Lima, 4400 – CEP 02303-900 – São Paulo, SP
Atendimento ao cliente: 0800-115152 – Fax: (11) 3990-1776
www.atica.com.br – www.atica.com.br/educacional – atendimento@atica.com.br

Os Restos Mortais

Fernando Sabino

conforme a nova ortografia da língua portuguesa

editora ática

APRESENTAÇÃO

Não passaria de pretensão de minha parte ser hoje um escritor como eu imaginava aos vinte anos de idade. O mundo mudou, e eu com ele. A literatura continua — só que concebida em termos mais amplos. Os meios de comunicação evoluíram juntamente com a formulação literária, e continuarão evoluindo sempre.

Procuro exercer o meu ofício de maneira a que a expressão não se subordine à comunicação, mas se identifique com ela: que seja compatível com os meios de difusão de nosso tempo.

Ao longo de tantos anos como escritor, reconheço que tenho tido muitos leitores — mais do que eu esperava (ou merecia). Vieram surgindo ao longo das novas gerações que se sucedem.

Sendo assim, espero não se haja confirmado — pelo menos no meu caso — a terrível previsão do escritor e cineasta italiano Pasolini, ao afirmar, já em 1955: "Somos os últimos homens de letras: fomos liquidados pela comunicação, que se sobrepôs à expressão".

O ideal seria o perfeito equilíbrio entre uma coisa e outra. É o que tento atingir com meus livros. O romance *O encontro marcado*, por exemplo: concebido como obra de ficção, baseou-se quase inteiramente em dados recolhidos ao longo da minha vida pessoal. A isso devo talvez o fato de serem lançadas até hoje tantas edições sucessivas, o que me surpreende mais do que a ninguém.

O interesse de novos leitores por este e outros livros meus certamente se deve em grande parte à eficiente divulgação promovida pela Editora Ática entre a juventude.

Acredito que os problemas do meu tempo, por mim abordados, de jovens procurando se afirmar até atingir a maturidade, são fundamentalmente os mesmos de hoje.

Não creio que eles sejam, nos dias atuais, melhores nem piores do que nós fomos. E me parece que vão acabar dando a volta por cima na sua rebeldia — descobrindo que o "legal" é ser legal: casar, ter filhos, tratar a mulher com carinho, respeitar as leis da natureza e da convivência social.

É, pelo menos, o que eu espero que aconteça com eles — como, na realidade, acabou acontecendo comigo e meus companheiros de geração.

Na verdade, a minha vocação literária, cheia de dúvidas e incertezas, é constituída fundamentalmente de esperança: esperança de uma harmonia ideal entre a infância, a juventude, a maturidade e a velhice. A literatura não me sustenta apenas no sentido econômico, mas também existencial. Só atinjo a minha verdadeira dimensão, e presto contas a Deus, através do que escrevo.

O que busco escrevendo, em suma, é saber quem sou. Para que eu seja do meu tamanho, como todo mundo devia ser do seu: nem maior, nem menor. Quero dar o melhor de mim, que não é lá grande coisa, mas é tudo que eu tenho. Procuro ir ao extremo de mim mesmo. Não pretendo me exceder, mas também não quero ficar devendo. Esse é o meu objetivo na literatura e na vida.

Sendo assim, o estilo de escrever tem de ser o mais simples possível: o ideal estético, no meu caso, é que a linguagem seja transparente, cristalina. Na hora de escolher entre duas expressões, opto em geral pela mais simples. Uma oração tem sujeito, predicado e complemento. Mesmo me afastando desta ordem, procuro não perdê-la de vista. E sobretudo tomo cuidado em não abusar dos complementos. Procuro com isso conquistar algum leitor que comece a ler um texto meu e não pare antes de chegar ao fim.

Mas se o leitor consegue ir até o fim sem parar, com o escritor é bem diferente... Nada me parece mais penoso que a busca da expressão adequada. Há mil maneiras de dizer uma coisa e só uma é perfeita. Para descobri-la, posso chegar a escrever mais de cem páginas e acabar aproveitando só umas dez, se tanto.

Foi o que me aconteceu também na concepção desta novela, *Os restos mortais.*

A ambiguidade, o duplo sentido, a ambivalência são elementos bem significativos, principalmente no comportamento do homem em relação à mulher e vice-versa. É o que prevalece em outras novelas de minha autoria também publicadas pela Editora Ática, como *O bom ladrão*, *Martini seco*, *O outro gume da faca*. Já em *Os restos mortais* o caso é ainda mais grave, pois não se trata de homem e mulher, mas de pai e filho — diante de um cadáver.

Um jovem médico se vê às voltas com o enterro de um humilde empregado de seu pai, sempre adiado por esta ou aquela razão. O que acaba constituindo para ele sinistro tormento, num clima de pesadelo. Até descobrir quem na realidade era o morto...

Para dizer a verdade, eu próprio não estou certo em relação ao surpreendente desfecho. Só me resta deixar a critério do leitor — e enquanto aguardo a sua reação, vou tomar um uísque, como fazem ao fim os dois personagens principais.

Fernando Sabino

Ah, o corpo, meu corpo, que será do corpo?
Carlos Drummond de Andrade

1

A simples ideia da viagem já deixou meu pai agitado, às voltas com uma série de providências: não ia ao Rio desde 1943. Estávamos em 1963: vinte anos, portanto. Nas vésperas do embarque, veio me procurar no consultório, preocupado:

— Vou ter mesmo que ir com sua mãe. Afinal de contas, é para o batizado do sobrinho dela.

Eles seriam os padrinhos — este era o pretexto do irmão de minha mãe para que fossem ambos passar uns dias no Rio em sua companhia.

— O senhor faz bem em ir com ela — procurei tranquilizá-lo. — Qual é o problema?

— Não podemos largar a casa vazia, só com as empregadas, sem um homem para tomar conta. Pensei no Galdino, que é que você acha?

— Quem?

— O Galdino, que cuida do sítio lá em Betim. É de confiança, bem-mandado, de muita serventia. Aquele rapaz do olho, não se lembra?

Eu me lembrava: um rapaz com o olho infeccionado, tracoma, se não me engano, que ele havia tempos trouxera de Betim para se tratar com o doutor Santa Cruz.

Meu pai tinha boas relações no meio médico (formei-me em medicina por insistência sua), embora fosse apenas farmacêutico. Não exercia mais a profissão — ocupava-se de uns negócios de ocasião, que lhe davam o suficiente para dividir o tempo entre a casa aqui em Belo Horizonte e o sítio em Betim — uma de suas manias.

Outra, podia-se ver, era sem dúvida esse Galdino, a quem parecia dedicar tanto apreço. Depois de levá-lo ao doutor Santa Cruz, continuou ele próprio a assisti-lo nos curativos. Se não conseguiu que a vista se recuperasse, pelo menos impediu que a infecção passasse para o outro olho.

Agora queria trazê-lo para tomar conta da casa. Eu não chegara a conhecer o homem, não podia ter opinião formada. De qualquer maneira — parecia até que estava adivinhando —, alguma coisa me predispunha contra a ideia:

— Quinze dias só... Passo lá de vez em quando para ver como vão indo as coisas.

— Você? Leva séculos para aparecer quando estou em casa, imagine quando não estou.

E acrescentou, convicto:

— Com o Galdino lá, viajo mais tranquilo.

Concordei, já que era essa a sua vontade. E no domingo me dispus a ir com ele buscar o empregado em Betim.

Encontrei o sítio arrumado e limpo, o terreno bem capinado — diferente da última vez em que ali estivera, havia tempos.

A um comentário meu, o velho confirmou:

— É coisa do Galdino — e deixando o carro, saiu a chamá-lo pelo pomar: — Galdino! O Galdino!

O homem surgiu de onde menos esperávamos: de cima do telhado. Vimos sua cabeça aparecer no alto da cumeeira, dar uma olhadela para o nosso lado, o olho torto perceptível já de longe, tornar a desaparecer. Em pouco ele descia pela escada apoiada à parede da casa e vinha se aproximando num jeito tímido, descalço, andar meio cambaio. Podia ter seus trinta anos, embora o corpo franzino e a roupa velha de cor indefinível lhe dessem aquele ar de bicho sem idade que a pobreza costuma ter.

— Vai ver que estava consertando o telhado — presumiu meu pai.

— Deve ser aquela goteira da sala, que ele com certeza já descobriu.

E para o empregado, que aguardava a meia distância:

— Se apronta, Galdino, e traz suas coisas que você vai conosco para a cidade.

Sem uma palavra, o homem sumiu nos fundos da casa. Não me agradou que fosse tão calado. Em pouco voltava, com a aparência menos miserável: vestira uma camiseta surrada mas limpa, uma calça de brim apertada, calçara sapatos. Suas coisas vinham debaixo do braço, num grande embrulho de jornal.

— Vamos? — e o velho abriu-lhe a porta do carro. Depois aboletou-se a meu lado e partimos.

O empregado não deu uma só palavra durante o percurso, senão um "sim senhor" ou "não senhor" em resposta a uma ou outra pergunta do velho. Minha presença certamente o constrangia. Sentado na ponta do banco traseiro, muito composto, a todo momento seu olho doente esbarrava no meu, através do espelhinho do carro. A conformação da cabeça sugeria um nortista, mas sua voz e principalmente seu silêncio me pareciam ter o jeitão de mineiro.

Ao chegarmos, meu pai foi-lhe mostrando toda a casa. Demos com minha mãe no quarto, arrumando as malas:

— Estamos aí — anunciou ele. — Manda passar um cafezinho para nós.

Ela foi ao encontro das empregadas na cozinha. Acompanhei-a, enquanto o velho e o outro saíam para o jardim:

— Que é que ele viu nesse Galdino?

— Vá a gente querer entender... — e ela mudou de tom: — Seu pai anda meio queixoso de você.

— De mim? Por quê?

— Diz que você sumiu, quase não aparece. Que para te ver tem de ir ao seu consultório, como se fosse cliente. Ele tem razão, não custava pelo menos dar um telefonema de vez em quando.

Enquanto conversávamos, ouvíamos o velho lá fora, rodeando a casa e dando instruções ao empregado:

— Regar o jardim todos os dias. O regador está debaixo da escada. Não precisa podar as roseiras que não é tempo. Varre bem o chão, a frente da casa, o quintal. Passa toda noite o cadeado no portão, dá duas voltas na corrente. De noite tranca a porta da rua, não deixa nenhuma janela aberta. Seu quarto é aqui.

Os passos se avizinharam do quartinho dos fundos, logo sua voz se alteava, impaciente, dirigindo-se a minha mãe.

— Manda botar um colchão e um travesseiro aqui nesta cama!

Logo os dois surgiam pela porta da cozinha:

— Como é, e esse café que não sai?

Voltou-se para mim, rindo:

— O Galdino me perguntou se você também tem apelido de doutor.

Deixei-os e fui para o consultório.

Ao cair da tarde voltei para buscar os velhos, levá-los à estação rodoviária. Acomodaram-se no carro, mas antes que eu desse a partida meu pai, debruçado para fora, insistia nas suas recomendações ao empregado:

— Se alguém me procurar, diga que fui ao Rio, estou de volta dentro de quinze dias, no máximo.

Minha mãe perdeu a paciência:

— Chega, homem de Deus. Já está tudo mais do que falado, assim a gente acaba perdendo o ônibus. Toca esse carro, meu filho.

Já instalado no ônibus, o velho ainda recomendou, pela janela:

— Fala com as empregadas que podem ficar descansadas, o Galdino é um rapaz de toda a confiança.

2

Passei a manhã seguinte visitando clientes, cheguei tarde ao consultório.

— Dona Teresa telefonou várias vezes — informou a secretária.

Teresa não costumava telefonar para o consultório, ainda mais várias vezes. Apreensivo, liguei para casa:

— Que foi que houve?

— O tal Galdino — informou ela. — A Maria cozinheira ligou para cá de manhãzinha dizendo que ele estava tendo umas coisas. Tentei falar com você, não consegui. Então chamei o Pronto-Socorro.

Mal o velho havia partido, seu empregado começava a criar problemas:

— Umas coisas como? Que foi que ele teve?

— Não pude ir ver por causa das crianças. Mas o médico de plantão que foi lá me explicou tudo pelo telefone: teve um ataque epiléptico. Já foi medicado, agora está bem.

— Ah, então era isso — respondi, mais para mim mesmo.

Bem que eu notara certo jeito nele. E aqueles dentes quebrados...

— O médico disse que não era caso para se preocupar, ele vai ficar bom logo. Receitou um remédio, Maria já foi à farmácia buscar. Falei com ela agorinha mesmo, disse que ele está dormindo.

Sendo assim, nada mais havia a fazer. Em todo caso, resolvi passar por lá ao anoitecer, antes de ir para casa. Além de tudo, epiléptico. De toda confiança, de muita serventia... Cego de um olho, certo ar de oligofrênico. Boa bisca meu pai fora arranjar.

As empregadas confirmaram tudo: o homem agora ia bem, estava dormindo. Efeito da medicação, com certeza, concluí.

— O doutor disse que esse remédio é pra ele tomar só quando acordar.

Depois de examinar a receita — um anticonvulsivante —, resolvi dar uma olhada no rapaz. Convinha acordá-lo: dormir tanto assim, sem ingerir alimento, não me parecia boa terapêutica.

A porta do quartinho dos fundos estava entreaberta. Bastou empurrá-la e antes mesmo de acender a luz pude vê-lo.

Tudo no quarto ganhara aquela inconfundível atmosfera de irrealidade que denuncia a existência de um cadáver — o silêncio, a imobilidade das coisas ao redor, o tempo parado. Aproximei-me do corpo caído de bruços no chão de cimento, ao lado da cama. Estava apenas de cueca e parecia crispado ainda no último estertor.

Agachei-me, toquei-lhe o pulso: frio, como eu esperava. Procurei mudá-lo de posição, virando-o de frente, mas um movimento da cabeça, frouxa no pescoço, voltou para mim um olho branco, esbugalhado — era sinistro, visto assim de perto. Abandonei-o então e, já imaginando o desgosto de meu pai, saí ao encontro das empregadas:

— Ele está morto — anunciei.

Uma jogou os braços para o ar, com um grito, a outra arregalou os olhos e deixou cair o queixo, com um grunhido. Mal refeitas do susto, puseram-se a gemer, a carpir, a esconjurar. Aquilo me irritou:

— Parem com isso. Está morto, não há mais o que fazer.

Deixei-as na cozinha, fui ao telefone. Antes de mais nada, avisar em casa: pelo visto, eu chegaria tarde para o jantar.

— Vou ter de cuidar de tudo: providenciar a remoção, contratar o enterro.

Teresa se enchia de dúvidas e apreensões:

— Como foi acontecer isso? O médico disse que ele estava bem! De que será que ele morreu?

— Ataque epiléptico. Não foi o que o médico disse? Agora é pegar o atestado de óbito. Você sabe o nome do médico?

Ela não sabia. Não lhe ocorrera indagar o nome do médico. Eu que fosse descobrir no Pronto-Socorro, onde atendem dezenas de casos destes por dia.

— Você mesmo não pode atestar?

A pergunta de Teresa me apanhou desprevenido:

— Atestar como? Sei lá de que ele morreu!

— De ataque epiléptico, não foi o que o médico disse?

— Então ele que ateste — encerrei.

— Imagine seu pai, quando souber! — insistia ela.

— Na certa vai querer voltar.

Desliguei o telefone, avisei as empregadas:

— Vocês aguentem a mão aí. Assim que puder eu volto.

Elas recuaram, apavoradas:

— Cruz-credo! Ficar sozinha com *ele*?

— Hoje eu não durmo aqui de jeito nenhum.

— Pois então vão lá para casa — reconsiderei. — Podem ir de uma vez, digam à minha mulher que eu é que mandei.

Depois que elas partiram, fechei a casa, tomei o carro, fui até o Pronto-Socorro:

— Um chamado pela manhã. Ali por volta de nove, dez horas. Um caso de epilepsia. Queria falar com o médico que o atendeu.

— Algum problema?

— Não. Isto é... Só queria umas informações dele. Também sou médico.

O enfermeiro, mais solícito agora, foi lá dentro consultar o registro, voltou sacudindo a cabeça: não havia registro.

— Estão todos fora, doutor. Tem havido chamado que não é brincadeira. Talvez se passasse aqui mais tarde... O senhor não sabe o nome dele?

Me lembrei da receita, lá na casa de meu pai, em cima da mesa da copa — não me lembrara de olhar o nome do médico. O homem sugeriu ainda:

— Em casos assim, o melhor é trazer o doente de uma vez, o senhor não acha, doutor? Fica mais fácil.

Tomei o carro e voltei ao local — ao local do crime, foi o que idiotamente me ocorreu, quando entrei de novo na casa vazia. Lá no quartinho dos fundos, largado no chão, o cadáver. Não precisava ir vê-lo para saber que continuava morto. Bem-mandado, de muita serventia. Se quando vivo já não me parecia lá essas coisas, que serventia podia ter depois de morto?

Perdi algum tempo decifrando a assinatura na receita: Dr. J. Sinval. Eu não conhecia médico nenhum com esse nome. Liguei para o Pronto-Socorro:

— Quero falar com o doutor Sinval.

Não havia chegado ainda, não tinha telefone em casa.

— Liga mais tarde que ele hoje vai fazer plantão — me informaram.

Um médico sem telefone em casa. Conformei-me em esperar. Acendi um cigarro e fiquei folheando uma revista encontrada na sala — uma revista de avicultura, meu pai andava com ideia de criar galinhas no sítio.

Não conseguia me distrair. No silêncio daquela casa, como uma emanação vinda lá do quartinho dos fundos, eu sentia o ar que me envolvia impregnado de um hálito de morte.

3

Eram dez horas da noite quando, ainda na casa de meu pai, consegui localizar o doutor Sinval no Pronto-Socorro:

— Quem está falando é o doutor Laerte, um colega seu. O senhor hoje pela manhã atendeu um paciente...

Ele custava a entender, tive de entrar em pormenores: um empregado de meu pai, caso de epilepsia, não estava se lembrando?

— Me lembro sim. Ele está bem?

— Está. Isto é, não está bem não... Quer dizer, o paciente morreu.

— Morreu? — espantou-se ele. — Morreu como?

— Bem, eu não estava presente, mas tudo indica que teve outro ataque.

— Não estou entendendo: outro ataque?

— De epilepsia, não foi o que o colega diagnosticou? Eu queria lhe pedir o atestado de óbito...

— Não estou entendendo — repetiu ele.

— Não está entendendo o quê, doutor?

Contei como encontrei o cadáver, a posição do corpo.

— No chão, em decúbito ventral. A cama até se quebrou, com as convulsões. O caso me parece simples: deve ter tido uma hemorragia subaracnoidiana, não é isso mesmo? Ou uma paralisia bulbar...

A voz do outro lado vacilou:

— Não sei... Ele estava bem. Não era para morrer não.

— Não era, mas morreu, que se há de fazer?

— O senhor vai me desculpar, mas deve haver algum engano. Prefiro não dar o atestado de óbito. Não tenho elementos, compreende? Vou precisar de uma autópsia.

Mais essa agora: uma autópsia. É lógico que havia algum engano: qualquer estudante saberia que o caso requeria internação imediata, como medida preventiva, o ataque podia se repetir e ser fatal — era o que havia acontecido. Agora eu não tinha condições de fazer mais nada, seria contra a ética insistir. Uma autópsia! Exigências, formalidades, tempo perdido.

E o corpo lá no quartinho dos fundos esperando.

Sem saber para quem apelar, resolvi aconselhar-me com doutor Santa Cruz. Embora oftalmologista, era mais velho, tinha prática dessas coisas. Liguei para a sua casa, encontrei-o já recolhido:

— O senhor me desculpe incomodá-lo a essa hora, doutor Santa Cruz, mas aconteceu um pequeno contratempo, queria uma orientação sua: o senhor se lembra de um cliente seu, um empregado de meu pai com o olho infeccionado, um tal de Galdino...

Ele não se lembrava. Contei-lhe tudo, desenrolando a história que dali por diante iria ter de repetir indefinidamente, sempre acrescida de novos detalhes. Ele me ouviu com uns mugidos de impaciência, a todo momento tentando me cortar a palavra para ver logo aonde eu queria chegar. Queria chegar ao atestado de óbito, como é que eu ia sair dessa?

— Olha, meu filho, se o outro não quer atestar, está no direito dele, você vai ter mesmo de requerer autópsia, o que é que se pode fazer? Já comunicou à polícia?

Polícia? A simples palavra me deixou apreensivo, antevendo mais aborrecimentos. Era isso mesmo, para requerer autópsia eu tinha de comunicar à polícia. Inquérito, perícia, interrogatórios, investigações.

Subitamente decidido, tornei a telefonar, desta vez para o Serviço Funerário da Santa Casa. Pedi que mandassem remover o corpo: ele que ficasse por lá, no dia seguinte eu cuidaria do resto.

Fui aguardar na varanda. Em pouco chegava o rabecão — até que não demorou tanto quanto eu temia. Dois homens saltaram e sem perder tempo retiraram do carro o velho caixão de alumínio manchado de azinhavre. Um deles se lembrava de mim, ainda do meu tempo de estagiário, cinco anos atrás:

— Alguém da família, doutor Laerte?

— Não, ninguém: é um empregado — e os encaminhei logo ao quartinho dos fundos.

Ao acender a luz, tive um momento de surpresa: o corpo continuava tombado ao chão, mas em posição diferente — não mais de bruços.

Os dois homens repousaram o caixão a seu lado, abriram a tampa.

— Pega daí.

— Isso. Mais para cá.

Ergueram-no pelos ombros e pelas pernas, como um saco, a cabeça pendida para trás como a de um frango, o buraco negro da boca voltado para cima. Um fio de baba lhe escorria até o pescoço.

— Agora solta.

Foi facilmente acomodado dentro do caixão, era franzino e seco. A cueca entreaberta deixava entrever os pelos crespos do púbis. O braço esquerdo, com certeza fraturado na queda, permaneceu dobrado para cima, retorcido, a mão dependurada, impedindo que se fechasse a tampa do caixão. Foi preciso forçá-lo para baixo.

— Não vai acabar de quebrar — advertiu um dos homens.

— Então levamos assim mesmo. Lá a gente ajeita isso — arrematou o outro.

Saíram com o caixão, a tampa mal fechada, a mão caída para fora balançando-se como num aceno.

— A que horas o senhor vai querer o enterro? — perguntou o que me conhecia, antes de partir.

— Não sei — e passei a mão pelo rosto, indeciso. — Falta o atestado de óbito.

— O senhor não vai atestar?

— Não posso.

Ante sua estranheza, contei-lhe que o outro médico queria uma autópsia.

— Autópsia? Para quê? Bobagem, doutor. Isso é morte morrida, está na cara. O senhor passa o atestado e fica resolvido o assunto.

Não se conformou com a minha negativa:

— Vai ter de mexer com a polícia... Para que arranjar complicação?

— Não fui eu que atendi o homem. Fica até esquisito.

— Esquisito?

Ele mordeu o lábio, pensativo, olhou-me com cautela:

— Bem, sendo assim...

Pela primeira vez senti que o caso podia se complicar mais do que eu previra. Resolvi ir à polícia em seguida, liquidar logo com aquilo. Eram onze e meia da noite.

Só então me lembrei que eu próprio virara o cadáver, ao encontrá-lo.

4

Um camburão despejava gente à porta da Delegacia. Eram desordeiros e prostitutas que os guardas arrastavam para dentro aos empurrões. O povo se juntava ao redor, guardando precavida distância.

— Que foi que houve aí? — perguntei a alguém.

— Uma batida na zona. Toda noite é assim.

No meio dessa confusão, eu entrei.

Deixei-me ficar a um canto da sala, esperando que as coisas se acalmassem. Era sufocante ali dentro o bafo de suor, mofo, cigarro velho, urina, mil cheiros misturados ao calor. Aos poucos os presos iam sendo levados para a sala contígua.

— O senhor aí.

Quem me interpelava era o escrivão, atrás de uma mesa. Adiantei-me, esperando que ele me distinguisse da malta que entrara comigo:

— Queria requerer uma autópsia.

Sem me olhar, ele tirou da gaveta um papel, pegou a caneta. Não disse mais nada, também fiquei calado aguardando. Seus cabelos ralos, em fios longos penteados de viés, não chegavam a disfarçar a calvície. Uma das hastes dos óculos estava amarrada com barbante.

— Vamos — resmungou, afinal: — Autópsia para quem?

— Para um cadáver.

Por um instante ele ficou imóvel, sem erguer a cabeça, como a pesar o sentido da minha resposta. Depois abaixou a caneta e me lançou um olhar abespinhado:

— Qual é a graça?

— Cadáver de um empregado de meu pai — emendei logo. — Faleceu hoje à tarde, num ataque de epilepsia.

— Então para que autópsia?

— Bem, o médico que o atendeu...

Desfiei a minha história. Ele me ouviu com desinteresse, novamente de caneta em riste:

— Seu nome — ordenou sumariamente.

Escreveu meu nome e endereço.

— Profissão?

— Médico.

Tornou a me olhar, desta vez apenas intrigado. Depois se ergueu e caminhou em direção à outra sala, ordenando-me de passagem:

— Vem comigo, doutor.

Havia nesse "doutor" uma ponta de ironia — talvez porque não me achasse com cara de médico. Abriu a porta, e fomos engolfados pela gritaria que reinava na outra sala. Atrás de sua mesa, de pé, o delegado tentava impor silêncio, aos berros, dando murros no ar. Guardas e investigadores atarantados se movimentavam entre os presos, distribuindo safanões. O escrivão abriu caminho, fez-me passar para o outro lado da grade de madeira que isolava a mesa do delegado:

— Chefe, um caso aqui para o senhor. Uma autópsia.

— Calem a boca! — gritava o delegado. Voltou-se para o escrivão: — Uma autópsia? Expede a guia, que é que há? Já registrou a ocorrência?

— Há umas coisas — o escrivão vacilou, me apontando: — Ele diz que é médico.

— E daí?

O outro pôs-se a explicar confusamente o caso. O delegado lhe emprestava uma orelha, a atenção voltada para os presos.

— O morto deixou parentes? — perguntou a certa altura, sem se voltar. O escrivão transferiu com os olhos a pergunta para mim.

— Não — menti.

Ocorrera-me fazer a mesma pergunta às empregadas de meu pai e elas me deram notícias vagas da mãe do morto, que ele havia mencionado, não sabiam nem se ainda era viva. Referir-me a isso seria complicar as coisas ainda mais.

— Algum desafeto na tal fazenda?

— Não é fazenda, é apenas um sítio. Ele trabalhava sozinho lá.

Dois presos se engalfinhavam do outro lado da sala, um guarda tentava apartá-los, esmurrando ambos.

— Parem com isso! — o delegado trovejou para os presos, e voltou-se para mim, encerrando a conversa: — Está bem, vou mandar um elemento lá. Onde é a casa de seu pai?

— O corpo foi removido para a capela da Santa Casa — informei.

— O corpo foi removido? Espera, me explica isso direito: removido por quê? Quem mandou remover?

— Achei que não havia problema. Não imaginei que seria difícil obter o atestado de óbito. Só depois encontrei o médico e ele se negou.

— O senhor não é médico? Por que não pode atestar?

Eu me sentia como um personagem de Kafka, que teme se trair de uma hora para outra:

— Bem, o senhor compreende, ele se negando...

Mais gritaria dos presos: uma das mulheres acabava de desmaiar.

— Tirem essa mulher daí! Todo mundo calado, ou mando baixar o pau!

De novo para mim:

— O senhor fez mal em remover o corpo. Isso ainda pode lhe criar dificuldade. Algum indício no quarto? Algum sinal de luta?

— Não. Isto é, a cama é que está quebrada, deve ter sido com as convulsões...

Logo me arrependi. Aquilo sim, poderia trazer complicações. Mas o delegado — benditos presos! — não parecia ter ouvido, em meio à algazarra que recrudescera. Encerrou a conversa com um gesto de impaciência:

— Agora não posso resolver nada, o senhor está vendo como é que anda hoje esta merda aqui. O jeito é fazer a autópsia, é o que eu teria mesmo de requerer. Se houver alguma coisa...

E despachou o escrivão:

— Registra a ocorrência e expede a guia. Depois a gente apura isso.

Outra vez à sua mesa, sem pressa nenhuma, o escrivão se ajeitou para expedir a guia:

— Nome do falecido.

— Galdino.

Sem erguer os olhos, entre dentes:

— Nome *e sobrenome.*

— Galdino da Silva — inventei. Eu não podia era criar novo embaraço, alegando não saber nem o nome todo do falecido.

Saí da delegacia com a guia no bolso, aliviado como se tivesse escapado por pouco de ficar ali, atirado a um xadrez infecto, feito um criminoso qualquer.

5

Alguma coisa eu havia conseguido: a autópsia seria feita no Instituto de Anatomia Patológica da Faculdade e não na Polícia Central — já que o escrivão, num rasgo inesperado de gentileza, me propusera a escolha: o Instituto era próximo da Santa

Casa, onde estava o cadáver, o que tornava as coisas mais fáceis.

Encontrei Teresa acordada, à minha espera:

— Você ficou sozinho com ele lá esse tempo todo?

Exausto, dispensei-me em poucas palavras de me submeter a novo interrogatório, tomei um rápido uísque e fui dormir.

Em vez de um sono descansado, porém, me vi às voltas com um pesadelo. Eu viajava numa estranha viatura, espécie de ônibus cheio de passageiros, mas aberto como um barco. A certa altura começou a ventar furiosamente. Procurei me resguardar, e só então percebi que estava completamente nu. Encolhido de frio e de vergonha, busquei abrigo atrás dos bancos, mas eles não tinham encosto: todos os passageiros se voltavam e me viam, alguns rindo, outros protestando indignados contra a minha nudez. Eu não tenho culpa!, tentei explicar, e de minha garganta apertada não saiu mais do que um grunhido. Angustiado, voltei-me para pedir ajuda ao passageiro do banco de trás — e dei com meu pai, completamente alheio ao meu desespero, numa conversa animada com alguém — era o Galdino. Mas um Galdino diferente, o olho são, os dentes inteiros, bem-apessoado, e vestido com a minha roupa! A indignação arrancou de mim um grito de raiva, tentei avançar sobre ele, meu pai me conteve, braço dramaticamente estendido. "Ele está com a minha roupa!", protestei, exibindo minha nudez. O velho sacudiu a cabeça: "Eu dei para ele", explicou simplesmente. "Ele está morto", revelei então, triunfante. Ambos se levantaram, o velho me soprou ao ouvido: "Morto está você". Deitaram-me no banco. Galdino tirou o paletó e cobriu-me o corpo com ele como se fosse uma mortalha. Meu pai começou a rir: "Despir um morto para vestir outro", saiu anunciando aos demais passageiros. Não me lembro o que aconteceu depois — até que me vi estendido numa mesa e cercado de rostos. "E se ele estiver vivo?", perguntou alguém. Uma voz indiferente respondeu: "Logo se vê: vai ser dissecado". Alguém mais se inclinou sobre mim, empunhando um bisturi... Num supremo esforço, consegui me movimentar e acordei.

Sentei-me na cama, ouvindo a voz assustada de Teresa a meu lado:

— Que foi? — e ela acendeu a luz da cabeceira. — Você deu um grito horrível...

Tornei a me deitar, sem uma palavra, e imediatamente adormeci — desta vez um sono sem sonhos até de manhã.

À mesa do café eu me sentia vago, distraído, sonolento, como ao fim de uma noite em claro:

— O quê?

— Estou perguntando a que horas vai ser o enterro.

— Depende da autópsia. Me passa a manteiga.

A sensação de estar nu na frente de todo o mundo ainda me perseguia. Recapitulei o sonho, tentando entendê-lo. Logo desisti de pensar — a experiência da véspera me abatera, meu estado de espírito não era dos melhores.

Mas o mau humor se abrandou quando dei com o Juvenal, antigo bedel da Faculdade, à porta do Instituto de Anatomia:

— Veio matar as saudades, doutor Laerte? — e o mulatão se abriu num sorriso simpático. — O que é que o senhor manda?

— Uma autópsia, Juvenal. Já tenho aqui a guia da polícia.

— Andaram matando alguém?

Limitei-me a informar que o corpo estava na Santa Casa:

— Arranja aí um rabecão para mandar apanhar.

Em pouco meu carro seguia o do Instituto até a Santa Casa. No Serviço Funerário também encontrei conhecidos:

— Quando eu soube que o cadáver era seu, doutor Laerte, mandei logo ajeitar um caixãozinho melhor. Pena que não pudesse arranjar na hora uma roupa para ele, já era tão tarde...

— Não precisa se incomodar. Vim buscar o corpo, vai haver autópsia.

O caixãozinho melhor era uma simples caixa de madeira forrada por dentro de pano roxo ordinário. Mandei transportá-lo, depois de rápida olhadela: era ele, a cara já amarelada, o olho torto ainda aberto. Nada do ar distinto que assumiu no meu sonho. O braço torcido fora ajeitado.

— O senhor vai querer o enterro para hoje?

— Depois volto aqui para cuidar disso.

Juvenal me aguardava no Instituto:

— Deixa comigo, doutor Laerte. Vou aproveitar o doutor Siqueira, que está lá dentro com a mão na massa. Passa aqui de tarde que já deve estar pronto.

Confiei-lhe a guia, dei-lhe uma gorjeta e fui para o consultório.

Durante o almoço, Teresa me encheu de perguntas:

— Que é que está acontecendo? Autópsia por quê? Você não vai telefonar para o Rio e contar a seu pai?

Intrigada diante de meu silêncio, que exprimia apenas cansaço:

— Ele morreu de quê, afinal?

— De morte morrida — retruquei, entre duas garfadas. — Teve um ataque e morreu. Agora, por que aquele palhaço do Pronto-Socorro não quis dar o atestado, só perguntando a ele.

Mais tarde, com melhor disposição, narrei-lhe a minha desagradável experiência na polícia.

— Me trataram como se eu fosse o próprio Galdino.

— Também, você vai se meter com essa gente assim sem mais nem menos... Tanto conhecido aí no governo, bastava um telefonema.

— Pensei nisso. Mas não acha que ficava esquisito eu arranjar um pistolão para uma guia de autópsia de um simples empregado? Que é que eles haviam de pensar?

Ela me olhou com estranheza:

— Pensar o quê? Pode haver alguma dúvida? Você não está me escondendo alguma coisa, está?

— Até você? — respondi, mal-humorado. — Estou sim: foi só eu saber que o homem era epiléptico, corri lá, dei um cacete nele e depois disse que tinha sido um ataque.

— Estou perguntando porque você sabe muito bem como essa gente da polícia é: quando cisma com uma coisa...

Comecei a rir, eu próprio, do absurdo de tudo aquilo:

— Tive de inventar um sobrenome para o Galdino. Neguei que ele tivesse parentes. Removi o corpo já sabendo que ia haver autópsia. Vou me enredando numa série de mentiras e quando der pela coisa sou o criminoso. Só falta o motivo.

— Não estou achando graça nenhuma.

Tornei-me sério:

— Dizer que até anteontem eu nunca tinha visto o homem mais gordo. Nem mesmo quando papai tratou dele.

E pensei comigo mesmo, sem saber por quê: isso eu posso provar.

6

À tarde mal houve tempo de passar no consultório, atender dois clientes, dispensando o resto, e às três horas eu já voltava ao Instituto. Tinha esperança de realizar o enterro ainda naquele dia.

Juvenal me recebeu com a fisionomia consternada:

— Nada feito, doutor. Vai ter um galho aí para o senhor quebrar.

Depois de alguma evasiva, acabou me contando:

— Ninguém quer fazer o trabalho no seu cadáver.

— Não quer fazer por quê? — protestei, já tentando conter a indignação. — Então consigo a guia da polícia, trago o cadáver e tudo direitinho para no fim não ter quem faça a autópsia? Que esculhambação é essa?

— Calma, doutor Laerte. A culpa não é minha. O pessoal aí soube que o senhor não quis atestar, e tem umas equimoses no rosto...

— Equimoses? Mas as equimoses devem ser da queda, que diabo! O homem tem um ataque epiléptico, quebra a cama, cai no chão, e ainda querem que ele esteja todo bonitinho, sem um arranhão? Além do mais, não me lembro de ter visto equimose nenhuma, que raio de equimoses são essas?

— Calma, doutor — repetiu o mulato, nervoso. — Eu sei que o senhor tem razão, mas o doutor Siqueira acha... O senhor não quer dar uma palavrinha ao doutor Siqueira?

— Eu nem conheço esse doutor Siqueira.

Um velho junto à entrada me apoiava:

— É sempre assim. Não querem nada com o serviço, estou aqui há mais de quatro horas esperando um corpo e ninguém me atende, ninguém me dá a menor informação.

Juvenal desaparecera e agora era o próprio doutor Siqueira, trazido por ele, que me dizia, pequenino, de óculos e cheio de dedos:

— O colega não vai me levar a mal, mas já tive um caso semelhante, tudo indicava morte natural, passei atestado, e no entanto...

— No entanto o quê? — desafiei-o.

— O colega me desculpe, mas não vou fazer essa autópsia. Outro se quiser que faça. Ninguém pode me obrigar.

Ele já se virava e desaparecia como um ratinho pela porta de onde saíra. Voltei-me para Juvenal:

— E agora? Não tem outro?

— Ter, tem. Mas o doutor Siqueira não querendo fazer, os outros... Não se incomode, doutor Laerte, hoje nem dava tempo mais. Mandei o cadáver de volta, mas amanhã cedo...

— Mandou de volta?

— Tive de mandar. Não tinha onde botar de hoje para amanhã.

Ordenei-lhe que trouxesse o cadáver na manhã seguinte, sem falta, e o mais cedo possível. Meu ímpeto era sair dali e buscá-lo eu mesmo na Santa Casa, imediatamente, arrancar aquela autópsia de qualquer maneira. Mas ele tinha razão, não dava mais tempo.

— Amanhã é dia da doutora Mirtes: com ela eu tenho certeza que consigo a autópsia, o senhor pode ficar descansado.

Quando eu ia saindo, o velho que reclamava à entrada do Instituto ergueu os braços, desalentado:

— É isso aí, aqui não resolvem o caso de ninguém, nem depois de morto! Me deixaram aqui plantado e até agora nada! Onde foi parar o corpo que eu estou esperando?

Em casa, Teresa me recebeu com notícias de travessuras dos meninos. Mal dei atenção. O mais velho, de sete anos, ao ver-me entrar, passou por mim de bicicleta entre as alamedas do jardim, quase me atropelando:

— Enterrou o Galdino, papai? — gritou, afogueado.

Enquanto eu tentava ler um jornal na varanda, assisti indiferente às providências que minha mulher tomava para mandar de volta as empregadas de meu pai:

— Vocês voltam, e não precisam ter medo, que o Tobias vai também para passar a noite lá. Ouviu, Tobias?

O jardineiro, olhos arregalados, parou de regar a grama e virou a mangueira aberta para o nosso lado, por pouco não nos atingindo na varanda:

— No quarto dele, dona Teresa?

Foi preciso que Teresa assegurasse ao rapazinho que tinha outro quarto, podia dormir até no interior da casa, se quisesse.

Aborrecido, larguei o jornal e entrei. O morto na casa de meu pai, na Santa Casa, no Instituto, em toda parte.

7

Mal saltei do carro, Juvenal se precipitou em minha direção:

— Não entra por aí não, doutor Laerte!

Esbaforido, foi me empurrando pela passagem que levava à entrada dos fundos:

— Está dando uma confusão dos diabos, o senhor nem queira saber.

E me puxou pelo braço, recolhendo-me ao interior do prédio:

— Convém o senhor não ser visto, senão pode se dar mal.

Retive-o com um gesto, exigi explicações.

— O senhor nem queira saber — ele gaguejava, agitando as mãos no ar. — Mandei buscar seu cadáver logo de manhãzinha, como o senhor recomendou. Foi o Jorge mais o Zé Maria. Atrás do rabecão veio um mundo de gente gritando e xingando, um deus nos acuda. Agora estão aí no saguão reclamando o cadáver.

— Reclamando o cadáver?

— O Jorge mais o Zé Maria são meio desabusados. Foram entrando na capela da Santa Casa sem mais conversa: "Viemos buscar o cadáver do doutor Laerte". E agarra de cá, agarra de lá, trouxeram outro defunto, com caixão e tudo, apesar dos protestos, acabaram com o velório. A viúva e os filhos saíram atrás, com mais uma porção de gente, vieram para cá, por pouco não lincharam o Jorge mais o Zé Maria aí fora. O senhor quer ver só uma coisa?

Adiantou-se, entreabriu furtivamente a porta que dava para o saguão de entrada. Pude ver e ouvir uma porção de gente falando ao mesmo tempo, uma mulher chorando, gritaria, confusão. Um homem todo de preto, punho erguido, imprecava contra o Instituto de Anatomia:

— E onde é que está esse doutor Laerte?

Juvenal fechou a porta antes que nos vissem:

— Não estou dizendo ao senhor? Agora como é que a gente vai sair dessa?

— E onde é que está esse cadáver? — minha voz, mal sussurrada, parecia um eco do outro, lá no saguão.

— Psiu, fala baixo, doutor. Está na sala de Anatomia. Já avisei a doutora Mirtes...

— Mas vocês não podem fazer autópsia no cadáver trocado!

— Calma, doutor Laerte. Não grita que senão entorna o caldo. Nós vamos destrocar. É só o pessoal aí fora sossegar um pouco. Convinha até o senhor ir embora para não haver mais zorra, que de tarde a gente vai lá e traz o outro.

Não tendo mais nada a fazer, segui o seu conselho. Mas à tarde fui eu próprio com ele no rabecão do Instituto buscar o cadáver do Galdino. Não levamos mais ninguém, além do motorista.

A câmara ardente fora recomposta na capela, a família voltara a acomodar-se, velando o seu morto já de volta, entre as flores, as velas e as choradeiras habituais. Entramos sorrateiramente, procurando não despertar atenção. Depois de uma discreta procura, encontramos o caixão do Galdino no chão de uma salinha aos fundos.

— Verifica bem, doutor Laerte, para não dar mais complicação.

Abri a tampa e dei uma espiada:

— É ele mesmo.

Não convinha atravessar a capela com o caixão, sob pena de perturbar novamente o velório do outro. Era incrível, não aparecia ninguém da Santa Casa para nos dar ajuda.

— Por aqui mesmo — indiquei uma porta lateral que se abria diretamente para o pátio.

Ansioso por acabar com aquilo, eu sentia o absurdo da situação em que me metera, sinistra e ao mesmo tempo ridícula como num filme cômico. O esforço para colocar o caixão no carro me extenuou, embora não fosse pesado, o Galdino já estava sequinho e mirrado. Deixei-o com o Juvenal no interior do Instituto.

— Se me acontece outra, dou parte à polícia — adverti.

— Amanhã de manhã — reassegurou-me ele. — Já falei com a doutora Mirtes.

Fui para casa tomado de um sentimento incômodo como um remorso, cuja origem eu não conseguia localizar. A menção à polícia aumentou meu desconforto. Eu cometera mais uma imprudência, tirando às escondidas um cadáver da Santa Casa, sem ordem de ninguém.

À noite meu pai telefonou do Rio:

— Então? Como vão as coisas por aí?

Eu não decidira ainda se devia lhe comunicar logo a morte do Galdino. Apanhado de surpresa, assegurei-lhe que tudo ia bem.

— Tudo em ordem lá em casa? — insistiu ele.

— Tudo em ordem.

— Telefonei para lá, o Tobias é que atendeu. Não soube me dizer onde estava o Galdino. Que é que o Tobias estava fazendo lá?

— Foi dar uma espiada no jardim — gaguejei.

— E o Galdino? Não tem regado as plantas?

— Tem, mas Teresa mandou o Tobias para dar uma mãozinha.

— Não deixa ele me podar as roseiras que não é tempo.

E se despediu, dizendo que não estava gostando do Rio, fazia um calor insuportável:

— Boa romaria faz quem em casa fica em paz — arrematou.

8

Juvenal me dispensou, pelo telefone, de ir ao Instituto: está faltando água, doutor. Só amanhã.

— Não! — protestei. — Até parece brincadeira!

— Estou dizendo ao senhor: não entrou uma gota. Está tudo parado aqui. Como é que a gente vai fazer autópsia sem água?

Conformei-me em adiar mais uma vez o enterro: autópsia sem água não era mesmo possível.

Na manhã seguinte voltei a telefonar:

— E então?

— Continua faltando. Mas parece que o Diretor vai dar um jeito. Pode ser que logo mais...

— Como está ele?

— O Diretor?

— O cadáver! Algum sinal de decomposição?

— Pelo contrário: é muito enxuto, está aguentando que é uma beleza.

A essa altura, um dia mais, um dia menos, já não fazia diferença. Morto desde segunda-feira e ainda por enterrar. Na terça, negam-se a fazer autópsia; na quarta, trocam os defuntos; na quinta, falta água. E agora, o que podia ainda acontecer? Era surpreendente que estivesse aguentando tanto tempo: além de enxuto, como dizia o outro, isso certamente se devia ao clima frio e seco daqueles dias em Belo Horizonte.

Na mesma tarde, o enfermeiro me convocou pelo telefone:

— Pode passar aqui que o cadáver já está pronto. Eu não dizia?

Dispensei os últimos clientes e segui para o Instituto. Encontrei Juvenal à entrada, todo risonho, com o resultado da autópsia na mão:

— Continuou faltando água, mas o Diretor arranjou um carro-pipa. Doutora Mirtes trabalha caprichado, estive lá espiando. Só que seu defuntinho era de amargar, doutor Laerte, me desculpe, mas magro que só vendo, um pulmãozinho deste tamanho!

Corri os olhos pelo papel. *Causa mortis*: ignorada. Suspirei, desanimado:

— E agora?

— Não tem importância — reassegurou-me ele. — Quase todo cadáver que aparece aqui a *causa mortis* é ignorada mesmo. Se não fosse, para que autópsia? Agora o senhor pode enterrar o seu e sair para outra. Basta registrar o atestado.

Consultou o relógio:

— Só que o senhor não apanha mais o expediente de hoje: o cartório fecha às cinco.

Mais um dia. E o enterro sempre adiado. Enterrar os mortos! Os restos mortais. O pior da morte é o corpo que ela deixa atrás de si. Devia sumir, esvair-se no ar, sem ficar sequer a lembrança de jamais haver existido.

Em casa, encontrei um tipo à minha espera, junto ao portão:

— Doutor Laerte é o senhor? — e exibiu-me uma carteirinha de plástico.

A polícia! Faltava mais esta — o que eu secretamente temia e já estava demorando a acontecer:

— Ficou tudo resolvido — me apressei a explicar. — Foi morte natural. Fizeram a autópsia hoje, tenho aqui comigo o resultado.

Quanto à "causa ignorada", eu deixaria para sofismar depois. O homem, porém, ficou a me olhar, aparvalhado:

— Não estou entendendo...

E nem podia estar: era agente de seguros, esclareceu logo. Só então dei com a pasta que ele, enquanto me esperava, repousara ao pé de si, sua melhor identificação. Queria fazer meu seguro de vida: estivera no consultório e, não me encontrando lá, resolvera tentar minha casa. Despachei-o sumariamente, irritado com o equívoco.

Naquela noite não acompanhei Teresa quando foi dormir: deixei-me ficar na sala tomando o meu uísque, para relaxar um pouco a tensão dos últimos dias. A experiência pela qual eu vinha passando era sufocante como num romance de Dostoiévski. Fazia-me lembrar aquele conto de Otto Lara Resende sobre um morto insepulto: conviver com a morte de alguém que eu mal conhecera e que não me abandonava, agarrando-se de todas as formas ao mundo dos vivos. Alguém que não passava de um cadáver a ser enterrado antes que começasse a cheirar mal.

Quando o sono finalmente veio, fui dormir e voltei a ter sonhos estranhos: uma mulher de preto me acusava histericamente de pavoroso crime, exibia minha assinatura num papel como prova de minha culpa. Eu não sabia de que se tratava, mas no íntimo me sentia aliviado em aceitar o castigo que me impunham. Meu pai chorava como um menino: "Meu filho, meu próprio filho..." Quis me afastar, mas alguém me aplicou tremendo empurrão por trás, caí de bruços no chão, senti uma dor violenta no braço: fraturado, como o do Galdino na sua queda.

Ao acordar, a dor persistia: eu dormira sobre o braço esquerdo, dificultando a circulação.

Antes de ir ao cartório, resolvi passar na Delegacia para exibir o resultado da autópsia: era o meio mais seguro de prevenir qualquer novo equívoco.

Encontrei o ambiente um pouco menos tumultuado. O delegado não estava — atendeu-me seu substituto, mais jovem e mais tratável:

— Chegou a haver registro? — perguntou.

— O delegado mandou que o escrivão fizesse, mas ele só me deu a guia para a autópsia, mais nada.

Pressentindo simpatia, narrei toda a história, devidamente arranjada de maneira a deixar clara minha inocência: omiti a remoção precipitada do cadáver, a invenção do sobrenome, parentes em Betim, as dificuldades da autópsia:

— Demorou porque faltou água.

Ele ergueu os ombros:

— Se a autópsia não revelou nada...

— Não revelou nada — confirmei, exibindo-lhe o atestado. — Olha aqui: *causa mortis* ignorada. Portanto, foi morte natural. Agora, convém o senhor anotar aí...

— Anotar o quê, se não houve registro? Enterra o homem e está acabado.

Saí dali direto para o cartório. Era no sexto andar de um prédio no centro da cidade, e o elevador não funcionava. Cheguei lá em cima bufando de cansaço:

— Queria registrar este atestado.

Celebrava-se naquele instante um casamento, a sala estava cheia. Em outra mesa, um casal de negros registrava uma criança. O velho que me atendeu, numa terceira mesa, não parecia ter pressa alguma:

— Qual é o grau de parentesco?

— Comigo? Nenhum.

— O falecido não é parente seu?

— Absolutamente.

— O senhor me desculpe, mas o registro tem de ser requerido por um parente.

— Ele não tinha parentes — balbuciei, já temendo mais dificuldades.

— Não tinha parentes? Quem era ele, afinal?

— Um empregado de meu pai.

— Morreu de quê? Aqui diz "causa ignorada".

— Ora, morreu de quê!

Minha impaciência chamava a atenção das demais pessoas na sala:

— O senhor por favor faça logo o registro que quero ver se acabo com isso ainda hoje. Estou nesse vaivém há cinco dias, não há quem aguente!

— O que é que aconteceu?

O velho se dispôs a me escutar. Conformei-me mais uma vez e tornei a desenrolar a minha história: o Galdino, empregado de meu pai, viera de Betim... Senti ao redor o interesse crescente dos circunstantes. Os do casamento, já concluído, haviam se aproximado — a certa altura do meu relato um deles chegou a fazer um comentário:

— É curioso... Morrer assim... Tenho um primo que é epiléptico, e no entanto...

— Curioso por quê? — voltei-me com maus modos. — Sou médico, sei o que estou dizendo.

Afinal, o escrevente concordou em proceder ao registro do atestado. Agora, era enterrar o homem.

9

— Tudo pronto — declarei ao Juvenal, à tarde, de volta ao Instituto. — Já passei na Santa Casa, trouxe o carro funerário. Quedê o cadáver?

— Não estava lá não? — perguntou ele, ar inocente.

Olhei-o, de sobreaviso:

— Já vem você. Lá onde?

— Na Santa Casa. Pensei que tivesse voltado...

— Voltado por quê? Trata de me achar esse cadáver.

Juvenal embarafustou-se pelo prédio adentro, fui atrás.

— Sabe onde é que está o cadáver do doutor Laerte? — perguntava de passagem a um e outro funcionário.

Ninguém sabia. Pediu-me que aguardasse um instante, logo estava de volta:

— Vamos ver na sala de Anatomia. O senhor conhece ele melhor.

Fomos seguindo ao longo das mesas de mármore, de um lado e de outro: eram dezenas de cadáveres, velhos, moços, mulheres, crianças, todos nus — este não é, este não é, até o último — não tinha dúvida, o do Galdino havia sumido.

— Quem sabe puseram aqui? — e Juvenal abriu uma imensa arca cheia de corpos imersos em formol. O de cima era de uma velha, mamas flácidas e esverdeadas, a boca aberta mostrando as gengivas escuras, e os olhos estatelados para nós.

— Aí não, Juvenal — recuei. — Por que haviam de botar aí? Deve estar em algum outro lugar. Como é que vocês me perdem um cadáver assim?

— Doutora Mirtes deixou ele pronto, todo costuradinho — informou o mulato, desorientado. — Estou com medo de terem dissecado. Hoje teve aula e esses estudantes são de morte, não podem ver uma peça dando sopa que vão logo passando a mão.

Vasculhamos o prédio inteiro:

— O cadáver do doutor Laerte! — implorava Juvenal, já desesperado.

Ninguém sabia informar. Faltava olhar atrás daquela porta, num desvão de escada. Foi só abri-la e finalmente demos com o caixão já conhecido, sobre uma carreta, entre vassouras e baldes.

— É ele, não tem dúvida — respirei, aliviado.

Abri a tampa e conferi: lá estava o Galdino, com a sua cara chata, mais amarela e mais murcha, o olho torto. Dei uma cheiradinha: era espantoso, mas nem sinal de putrefação. Ao longo do peito descia um imenso talhe até o baixo-ventre, costurado grosseiramente, como a barriga de um boneco. A cueca havia desaparecido, estava inteiramente nu.

— O senhor vai mandar vestir ou leva assim mesmo?

A pergunta fazia lembrar grotescamente outra: quer que embrulhe ou vai comer aqui mesmo?

— Vai assim mesmo — decidi.

E saí para enterrá-lo — o carro funerário na frente, o meu atrás. A certa altura deixei-o seguir e dobrei a esquina, resolvi passar em casa de meu pai, para ver como iam as coisas. Não precisava ir até o cemitério, o pessoal da Santa Casa se encarregava de tudo, sabia fazer o serviço.

Encontrei Tobias, tesoura na mão, preparando-se para podar exatamente as roseiras do jardim! Cheguei a tempo de impedir.

Depois fui dar uma olhada no quartinho dos fundos. Tudo como eu havia deixado. A cama, um simples estrado com colchão, realmente desmantelada, o lençol arrepanhado, a fronha do travesseiro aos pedaços. Na cadeira a um canto a calça de brim, a camiseta que ele vestia ao vir do sítio, parecia roupa de menino. Um par de sapatos velhos no chão, deviam ter sido de meu pai. Sobre a mesa, no embrulho de jornal semiaberto, uma calça também velha, uma camisa esmolambada. E mais um pente com fios de cabelo entre os dentes falhados, um espelhinho redondo com o escudo do Atlético no dorso, um santinho amassado de Nossa Senhora da Aparecida, e era só.

Mandei Tobias jogar fora tudo aquilo e fui-me embora, depois de adverti-lo que por favor não me tocasse nas roseiras.

À noite meu pai voltou a telefonar:

— Já chamei duas vezes lá para casa e o Galdino tinha saído. Que é que está acontecendo?

Por um instante pensei em dar-lhe a notícia, mas me contive a tempo:

— Naturalmente precisou sair para alguma coisa — e tentei desconversar: — Continua muito calor aí no Rio?

— Não estou gostando nada disso — insistiu ele, desconfiado: — Aliás, acho que já está mesmo na hora de voltar.

Dois dias depois ele regressava com minha mãe — fui esperá-los na estação rodoviária.

— Resolveu vir embora, não houve força humana que segurasse — queixou-se ela.

— E o Galdino? — meu pai foi logo perguntando.

Engoli em seco:

— Galdino... Bem, o Galdino morreu.

Ele ficou me olhando sem entender.

— Teve um ataque de epilepsia e morreu. Deve ter sido paralisia bulbar. Foi enterrado anteontem.

Ele não disse mais nada. No carro, a caminho de casa, minha mãe, no banco de trás, é que fazia perguntas, aflita:

— Como foi acontecer isso, meu filho? E o enterro? Vocês mandaram encomendar o corpo?

O velho ouvia calado, lábios apertados, olhando firme para a frente. A certa altura virou a cabeça, como se espiasse alguma coisa na rua pela janela do carro — tive a impressão de que chorava em silêncio, escondendo o rosto.

Ao chegarmos, minha mãe esperou que ele deixasse o carro e sem uma palavra entrasse em casa, para me pedir que não tocasse mais no assunto:

— Ele estava preocupado com o Galdino, só falava nisso. Trouxe até uma roupa do Rio para ele. Está ficando velho, cheio de manias, precisa muito de você.

Fiquei de aparecer assim que pudesse e fui-me embora.

10

Alguns dias depois, ao deixar o consultório, cumprindo minha promessa, antes de ir para casa resolvi visitar o velho.

Encontrei-o sozinho na sala que lhe servia de escritório: uma mesa, uma cadeira, duas poltronas, uma estante com alguns livros. Ficou visivelmente satisfeito quando me viu:

— Sente-se aí, filho — e apontou-me uma das poltronas.

Obedeci, e ele se sentou em frente a mim. Fiz-lhe um relato sucinto sobre a morte do empregado, desde o encontro do corpo às providências para o enterro, omitindo naturalmente os pormenores macabros. Ele me ouvia sem um só comentário, imóvel, cabeça baixa.

Ao fim, ficou a me olhar, absorto, como quem se decide. Logo se levantou:

— Espere um instante — e saiu rápido da sala.

Dentro em pouco voltava, trazendo, para surpresa minha, uma bandeja com dois copos, uma garrafa de Old Parr e um balde de gelo:

— Comprei no Rio este uísque para você, mas nada impede que comecemos a tomá-lo agora.

Com uma desenvoltura de que nunca o imaginei capaz, serviu uma generosa dose para cada um e tornou a sentar-se:

— À nossa saúde — disse, erguendo o copo e tomando um gole.

Imitei-o, avançando de surpresa em surpresa. Ele agora cruzava as pernas e me dizia gravemente:

— Laerte, nós pouco conversamos um com o outro. Há umas coisas a meu respeito que eu gostaria que você soubesse.

Fez uma pausa, a esperar minha reação. Como eu não dissesse nada, prosseguiu:

— Você sabia, por exemplo, que meu sonho na vida desde menino sempre foi o de vir a ser um médico bem-sucedido como você?

Eu o olhava, pasmado, sem ter o que dizer.

— Infelizmente não consegui. Você sabe, pelo menos de ouvir falar, que meus pais morreram num desastre quando eu tinha quatorze anos e me deixaram praticamente sem nada. Filho único, tive de me virar sozinho, vivendo de biscates aqui e ali e estudando na escola pública em cursos noturnos. Bem ou mal, acabei sobrevivendo, e aos dezoito anos me vi trabalhando numa farmácia. Esta a razão de ter acabado um medíocre farmacêutico.

Eu estava perplexo diante do que ouvia e principalmente do que se passava comigo. Sentia de maneira confusa que suas palavras faziam irromper dentro de mim uma necessidade de também me abrir com ele. Dizer-lhe que eu não era médico bem-sucedido coisa nenhuma. Apenas sabia disfarçar a mediocridade — a minha insegurança como clínico, em matéria de diagnóstico, por exemplo, era humilhante. A consciência da precariedade da medicina era cada vez maior: eu estava convencido de que noventa por cento dos males não tinham cura e dez por cento se curavam por si mesmos. E a minha falta de vocação para aquela carreira era total — o que eu desejara ardentemente quando jovem, e por vergonha nunca havia confessado nem a mim mesmo, era vir um dia a ser escritor.

Nada disso consegui dizer. Tomei calado o resto do uísque, ele fez o mesmo.

— Aceita outro? — perguntou e, sem esperar resposta, serviu-nos mais uma dose.

— Mas você chegou a exercer a profissão — falei, para romper o silêncio.

Procurei me ajeitar na poltrona enquanto ele respondia. Eu percebia, admirado, que aos poucos ia me sentindo cada vez mais à vontade — me dei conta de que era a primeira vez que o tratava por você.

— Exerci, mas não por muito tempo — ele balançava a cabeça, conformado. — Não imagina o fracasso que foi. Não creio que jamais haja aviado corretamente uma receita. Tive o bom-senso de desistir a tempo, antes que me denunciassem à polícia.

E ele sorriu, acrescentando:

— Em compensação, acabei comprando a farmácia.

Sorri também, intrigado:

— Como foi isso? Se você, como disse, vivia da mão para a boca... Onde conseguiu recurso?

— Na roleta do Cassino da Pampulha. Especialmente no vermelho, trinta e dois.

Eu não podia acreditar no que ouvia. Vinha-me à lembrança um comentário de Jules Renard, o escritor francês de minha admiração na juventude, a respeito do próprio pai: aos 14 anos de idade, achava-o muito velho, ignorante e reacionário; aos 18, numa conversa com ele descobriu não ser tão velho assim, e além disso se revelou esclarecido e culto, entendia de vários assuntos. Era assombroso como pudera ter mudado tanto e aprendido tanta coisa em tão pouco tempo.

Ficamos de novo calados, saboreando nosso uísque.

Nunca tive um verdadeiro amigo, apenas colegas de ocasião. Pela primeira vez me via diante de outro homem semelhante a mim, cuja presença era confortável, me fazia bem: não me levava a descer como sempre a fatal escadinha que da inveja leva ao ressentimento, deste à frustração, finalmente ao rancor. E era meu próprio pai.

— E depois? — perguntei.

— Depois... — ele renovou os copos, antes de responder, e sua disposição para beber também era de se admirar: — Depois vendi a farmácia e comprei o sítio em Betim, onde passei a morar. Vinha quase todos os dias a Belo Horizonte, onde tinha uns negocinhos...

Fez uma pausa, endireitou-se na poltrona e se compenetrou, denotando haver chegado finalmente ao que queria dizer:

— Um dia me apareceu lá uma moça. Foi antes de conhecer sua mãe, veja bem. Era de Betim mesmo, moça humilde, tinha um filhinho de colo. Filho sem pai, como em geral acontece. Logo me afeiçoei ao menino. Ela trabalhava para mim de arrumadeira. E me prestava outros serviços... Quando resolvi me casar com sua mãe, achei prudente que ela se fosse com o filho para outro emprego que lhe arranjei. Confesso que senti falta deles.

Fascinado com aquele pai para mim completamente desconhecido, eu não sabia o que pensar. Como ele se calasse um instante, agora eu é que me levantava e servia novo uísque para nós.

Ele afinal prosseguiu, numa voz velada, como para si mesmo:

— Ajudei a moça o quanto pude... Arranjou outro homem, desapareceu para sempre... Trinta anos depois me aparece, irreconhecível, trazendo o filho, já homem feito, com uma infecção no olho. E tornou a desaparecer. Ele ficou — o resto você já sabe.

Fez uma pausa, acrescentando em voz baixa, com dificuldade:

— Eu queria bem a ele. Como a um filho.

Mal conseguiu reprimir um soluço, e seus olhos se encheram de lágrimas.

— Não, meu pai, não... — balbuciei, engasgado de emoção.

Como a um filho... Eu não podia acreditar: Galdino, aquele pobre-diabo... Ergui-me, vacilando um instante sobre as pernas, retomei o equilíbrio, fui até o banheiro. Temia a essa altura esbarrar com minha mãe no corredor. Ela devia ter saído, ou mais certamente se recolhera, para que ficássemos a sós: sem saber de nada, intuíra a importância da conversa. Ou sabia de tudo?

Trancado no banheiro, depois de urinar, lavei o rosto, olhei-me longamente ao espelho, perguntei a mim mesmo: e se aquela história de filho sem pai estivesse mal contada e, como em geral também acontece, o pai fosse ele próprio? A bebida parecia já estar começando a fazer efeito, pois julguei até reconhecer na minha fisionomia crispada alguns traços do Galdino.

Não ousaria manifestar aquela suspeita, sem coragem nem de pensar. A dúvida ficaria para sempre no meu espírito: dizer que eu mandara enterrar um irmão como um cachorro, sem o mínimo de respeito devido a um ser humano. E nem ao menos fora ao enterro! Agora, ao evocá-lo, era tomado de súbita compaixão por ele, por sua pobreza extrema, o ar humilde de quem parecia pedir desculpa por existir, a figura franzina dentro do caixão, sua patética nudez — como a nossa: um dia estaremos todos nus. Na sua fragílima condição de homem, ele era tão filho de Deus quanto eu — meu semelhante, meu irmão! E por ele meus olhos também se encheram de lágrimas.

Voltei para a sala arrasado, com uma sensação de remorso que conscientemente me recusara até então a assumir.

Encontrei meu pai de pé, já recomposto, apenas aguardando meu regresso para dizer, copo na mão:

— Laerte, tirante sua mãe, que é uma santa, hoje eu não conto nesta vida com mais ninguém, a não ser com você.

— E eu com você — deixei escapar, comovido.

Tomei também o meu copo e nos brindamos, solenemente, tocando um no outro antes de beber. Depois nos abraçamos longamente. Então ele propôs que, neste caso, o melhor que tínhamos a fazer, àquela altura dos acontecimentos, era dar cabo do resto da garrafa.

— Uma excelente ideia — concordei imediatamente.

Voltamos a nos sentar. Ele comentou, pensativo:

— Hoje o meu sonho seria voltar um dia a morar no sítio...

Tocou-me o joelho, jovialmente:

— E o seu? Agora me fale um pouco de você.

OBRAS DO AUTOR

Editora Ática

A vitória da infância, crônicas e histórias – *Martini seco*, novela – *O bom ladrão*, novela – *Os restos mortais*, novela – *A nudez da verdade*, novela – *O outro gume da faca*, novela – *Um corpo de mulher*, novela – *O homem feito*, novela – *Amor de Capitu*, recriação literária – *Cara ou coroa?*, seleção infantojuvenil – *Duas novelas de amor*, novelas – *O evangelho das crianças*, leitura dos evangelhos.

Editora Record

Os grilos não cantam mais, contos – *A marca*, novela – *A cidade vazia*, crônicas de Nova York – *A vida real*, novelas – *Lugares-comuns*, dicionário – *O encontro marcado*, romance – *O homem nu*, contos e crônicas – *A mulher do vizinho*, crônicas – *A companheira de viagem*, contos e crônicas – *A inglesa deslumbrada*, crônicas – *Gente*, crônicas e reminiscências – *Deixa o Alfredo falar!*, crônicas e histórias – *O encontro das águas*, crônica sobre Manaus – *O grande mentecapto*, romance – *A falta que ela me faz*, contos e crônicas – *O menino no espelho*, romance – *O gato sou eu*, contos e crônicas – *O tabuleiro de damas*, esboço de autobiografia – *De cabeça para baixo*, relatos de viagem – *A volta por cima*, crônicas e histórias – *Zélia, uma paixão*, romance-biografia – *Aqui estamos todos nus*, novelas – *A faca de dois gumes*, novelas – *Os melhores contos*, seleção – *As melhores histórias*, seleção – *As melhores crônicas*, seleção – *Com a graça de Deus*, "leitura fiel do evangelho segundo o humor de Jesus" – *Macacos me mordam*, conto em edição infantil, ilustrações de Apon – *A chave do enigma*, crônicas, histórias e casos mineiros – *No fim dá certo*, crônicas e histórias – *O galo músico*, contos e novelas – *Cartas perto do coração*, correspondência com Clarice Lispector – *Livro aberto*, "páginas soltas ao longo do tempo" – *Cartas na mesa*, "aos três parceiros, amigos para sempre, Hélio Pellegrino, Otto Lara Resende, Paulo Mendes Campos" – *Cartas a um jovem escritor e suas respostas*, correspondência com Mário de Andrade – *Os movimentos simulados*, romance.

Editora Berlendis & Vertecchia
O pintor que pintou o sete, história infantil inspirada nos quadros de Carlos Scliar.

Editora Rocco
Uma ameaça de morte, conto policial juvenil – *Os caçadores de mentira*, história infantil.

Editora Ediouro
Maneco mau e os elefantes, história infantil – *Bolofofos e finifinos*, novela infantojuvenil.

Editora Nova Aguilar
Obra reunida.